Der Riss

*Im Gedenken
an meinen
früh verstorbenen
verehrten Lehrer
Peter Schädler*

# ROLF SOLAND

# Der Riss

Eine Geschichte aus dem Rheinland

**Bibliografische Information der Deutschen Nationalbibliothek:**
Die Deutsche Nationalbibliothek verzeichnet diese Publikation
in der Deutschen Nationalbibliografie; detaillierte bibliografische
Daten sind im Internet über http://dnb.dnb.de abrufbar.

© August 2016 Rolf Soland
Satz, Umschlaggestaltung, Herstellung und Verlag:
BoD - Books on Demand

ISBN: 978-3-7386-8039-3

## Vorbemerkung des Autors

Die Erzählung »Der Riss« spielt im 18. Jahrhundert, der Rahmen im Jahr 2000. Das in den Rahmen Eingefügte ist größtenteils frei erfunden. Von den Hauptfiguren sind die Kurfürsten von Köln, Graf Belderbusch, die Äbtissin von Statzenhofen und deren heimliche Beziehung mit Belderbusch historisch verbürgt. Pascuoli, die eigentliche Hauptfigur, sowie sein Freund Florian sind Kinder der Fantasie. Ich bin hier also eine Art »Dokufiktionsautor«, um einen fragwürdigen modernen Ausdruck zu verwenden.

Um den Lesefluss störende Fußnoten zu vermeiden, schicke ich voraus, dass ich mir erlaubt habe, einige Formulierungen meiner 1997 im Verlag Neue Zürcher Zeitung erschienenen Monographie »Zwischen Proletariern und Potentaten, Bundesrat Heinrich Häberlin 1868 – 1947 und seine Tagebücher« (ISBN 3 85823 628 9) zu entnehmen. Diese Anleihen betreffen vor allem die Ausführungen über Tiere im Allgemeinen und Katzen im Besonderen.

Münchwilen, 17. Jun. 2016

Ein heiterer Morgen im Mai. Halb neun. Ich saß westlich von Bonn auf der Treppe von Schloss Miel. »Der Riss im Himmel« hieß die Ausstellung, die 2000 in Bonn, Brühl, Jülich, Köln und Miel dem Erzbischof und Kurfürsten Clemens August (1700–1761) und seiner Epoche gewidmet war. Den Anlass bot der dreihundertste Geburtstag Clemens Augusts. Der Titel »Riss im Himmel« zog mich magisch an. Die Ausstellungsmacher meinten den Riss im Himmelsgewölbe des Ancien Régime. Zu Lebzeiten Clemens Augusts und auch noch zur Zeit seines Nachfolgers Max Friedrich (1708–1784) war das Alte noch da, aber nicht mehr als ein in sich geschlossenes System.

Ausgebreitet hat sich das neue, das aufklärerische Gedankengut der großen Revolution dann erst nach Max Friedrichs Tod. Nicht die Götter brachten den Himmel über Kurköln zum Einsturz, sondern die französischen Revolutionsheere, die 1794 das Rheinland besetzten. In der Folge riss Napoleon ein Land um das andere an sich. Nach dem Motto: »Ich erobere die Welt und wenn der Himmel einstürzt!« Hinter dem Riss war die Finsternis. Die Revolution, als deren Erbe Napoleon nach oben gekommen war, wurde unter einem riesigen Leichentuch begraben. Viele der toten Soldaten waren zwangsrekrutiert und stammten aus aller Herren Länder. Auch aus dem Rheinland.

Weshalb ich gerade nach Miel fuhr, weiß ich nicht mehr. Die Ausstellungen in Bonn, Brühl, Jülich und Köln ließ ich auf der Seite. In Flyern und Heftchen hatte ich einiges über die wichtigsten Figuren der Ausstellung gelesen. Über Clemens August, seinen Nachfolger Max

Friedrich und über deren wichtigsten politischen Berater und Minister, den Deutschordensritter Caspar Anton von Belderbusch (1722–1784), dessen Charakterbild in der Geschichte schwankt, wie man in Anlehnung an Schiller sagen kann.

Schloss Miel war 1768 bis 1771 im Auftrag Caspar Antons von Belderbusch auf den Trümmern einer Ritterburg erbaut worden. Miel sollte sein Refugium, sein Lustschloss werden; denn insgeheim unterhielt der Zölibatär ein Liebesverhältnis zu Caroline von Statzenhofen, Äbtissin des adligen Damenstifts Vilich am Rhein. Aus diesem Grund trat Caspar Anton nicht als Bauherr in Erscheinung, sondern überließ diese Rolle seinem weltlichen Bruder.

Beim Studium der Ausstellungsprospekte hatte ich übersehen, dass die Ausstellung um zehn, in jener Woche ausnahmsweise sogar erst um 11 Uhr öffnete. Zwei Stunden Wartezeit. Ich zog ein handliches Reclam-Bändchen mit den Selbstbetrachtungen Marc Aurels aus der Tasche. Marc Aurel sagt mir immer etwas, wenngleich ich im Unterschied zu ihm nicht gott- oder göttergläubig bin und mir sein Idealismus zu weit geht. Was mir gefällt: seine Mitmenschlichkeit und sein auf das Ganze gerichtete Verantwortungsgefühl. Wer weiß, vielleicht ist es gerade seine ideale Gegenwelt, die mich unbewusst anzieht. Etwa wenn er feststellt: »[...] wünsche nie etwas, was durch Mauern oder Vorhänge verborgen werden müsste!«

Würden die Menschen nicht dazu neigen, ihr Inneres zu versiegeln und ihren Mitmenschen mit geschlossenem Visier zu begegnen, wäre die auf die Bibel zurückgehende Wendung »aus seinem Herzen eine Mördergrube machen« vielleicht gar nie entstanden. Caspar Anton Belderbusch hat seine Liebesbeziehung zu Caroline verborgen. Die Mauern und Vorhänge von Schloss Miel, wo er der Äbtissin ein wunderschönes Zimmer einrichten ließ, dienten der Abschirmung. Carolines Besuche in Miel erregten an sich keinen Argwohn; denn ihre Schwester war die Ehefrau von Caspar Antons weltlichem Bruder, der Geliebte also ihr Schwager.

Die Sonne wärmte mich. War ich in Versailles oder in Miel? Ich ließ meinen Blick über die schnurgeraden Alleen, die Buchsbaumhecken, den pyramidenförmig geschnittenen Taxus und die kunstvoll angelegten Wassergräben gleiten. Ein Hase hoppelte über den frisch geschnittenen Rasen. Waren es die Sonnenstrahlen oder die Nachwirkungen einer Schlaftablette, die mich ermüdeten? Ich ließ die »Selbstbetrachtungen« auf die Knie sinken.

Bei meiner Ankunft waren die Fenster des Schlosses geschlossen. Jetzt gaukelte mir die Phantasie vor, ein Flügel stehe offen, der Wind bewege die halbleinenen Vorhänge und streiche sanft über zerwühlte Pfühle. Imagination. Kulissen und Figuren erschienen. Caspar Anton Belderbusch, die Äbtissin, im Hintergrund zwei Jünglinge von ausgesuchter Schönheit. Ich war dabei, mich in einen Tagtraum, in ausschweifendes Phantasieren, zu verlieren. Eine Form der Trance, in der die Grenze zwischen Einbildung und Wirklichkeit verschwindet.

\*

Dass die Begradigung der alten, durch Miel führenden Römerstraße über den allgemeinen Nutzen hinaus Caspar Anton Belderbuschs privaten Interessen diente, wussten nur wenige. »Die neue Straßenanlage macht mir viel Vergnügen«, schrieb Belderbusch seiner Geliebten im Damenstift Vilich. »Ist die Straße fertiggestellt, können Gnädigste Frau Äbtissin in weniger als zwei Stunden in Miel sein.«

Des Weiteren erwähnte Caspar Anton die Fertigstellung des Doppelwappens derer von Belderbusch und Statzenhofen, das über dem Haupteingang des Schlossneubaus prangte. Wer nicht eingeweiht war, dachte, das Wappen beziehe sich auf den weltlichen Belderbusch, den erwähnten Strohmann, und auf dessen Statzenhofener Gattin, die gleichfalls weltlichen Standes war. »Es sind unsere Wappen!«, hielt Belderbusch im erwähnten Brief an die Äbtissin neckisch fest, wobei er das Possessivpronomen doppelt unterstrich. Ein Verwirr- und Versteckspiel, bei dem Sein und Schein in grotesker Weise auseinanderklafften.

»Wie Sie die böotische Mitwelt an der Nase herumführen!«, scherzte die Äbtissin in ihrem Antwortbrief. Wichtiger als der herrschaftliche Fassadenschmuck war ihr die Gestaltung der Parkanlagen. »Dass Sie Lennée, der auch unsere Gärten in Vilich pflegt, beauftragt haben, Akazien zu pflanzen, ist vortrefflich«, schrieb sie. »Akazien in Arkadien, welch liebliches Wortspiel! Wie wunderbare Fächer werden die Blätter sich über uns spannen, wenn wir die Stille des Gartens genießen. Im Übrigen käme es mir, lieber Belderbusch, sehr gelegen, wenn Sie außer den barocken Ziergärten noch ein Heilkräutergärtlein anlegen ließen. Etwa auf einer der nach Süden anschließenden Inseln. Sie kennen mein Interesse an Kräuterheilkunde. Holunderblüten gegen Wasser- und Gelbsucht, Hirtentäschelkraut zur Blutstillung und dergleichen mehr. Ich glaube nicht, dass es Gott missfällt, wenn ich als Jüngerin Äskulaps diesem oder jenem Kranken helfe. Den einen meiner Medizinschreine, die böse Zungen Gift- oder Hexenschränke nennen, gedenke ich nach Miel zu verlegen, um ihn notfalls auch dort einsetzen zu können.«

Zu den Eingeweihten gehörte auch Kurfürst und Erzbischof Max Friedrich. Er hatte Belderbusch in Anerkennung seiner Verdienste jüngst in den Grafenstand erhoben, und dieser verband den Dank an den Kurfürsten mit der Offenbarung seiner Beziehung zur Äbtissin und mit der, wie er wohl wisse, unbescheidenen Bitte, sie mit kurfürstlicher Erlaubnis fortsetzen zu dürfen. Der Kurfürst hatte Belderbuschs Offenheit gelobt und sein Einverständnis gegeben. Forschenden Blickes hatte er den Hocherfreuten am Ende gefragt: »Hätten Sie, mein Lieber, von mir vor die Entscheidung gestellt, der Liebe oder dem Amt den Vorzug gegeben?« Belderbusch hatte geantwortet, er wisse es zu schätzen, dass der Kurfürst ihm beides lasse. Andernfalls wäre er der Erkenntnis gefolgt, dass das Glück in der Liebe liege, die man empfange und zu spenden vermöge. Diese Einsicht sei es, die ihn mit der Gnädigsten Frau Äbtissin verbinde.

Max Friedrich, der seine erzbischöfliche Hirtenpflicht ernster nahm, als es den Anschein machte, hatte Belderbusch mit dem Zitat entlassen: »Denn so hoch der Himmel über der Erde ist, lässt der Herr seine Gnade walten über die, so ihn fürchten.« Er wusste wohl, dass er wegen seines Privatlebens selber der Gnade bedurfte. Ursprünglich ein ehrbarer Dechant, hatte er sich in späteren Jahren in eine Tänzerin verliebt, mit der ihn ein inniges und beständiges Verhältnis verband.

Gleich dem Kurfürsten halte sie sich an die Bibel, hatte die Äbtissin nach Belderbuschs Bericht in einer Mischung aus Ernst und Heiterkeit bemerkt. Besonders an die Stelle: »Deshalb sage ich dir: Ihre Sünden sind ihr vergeben, denn sie hat viel geliebt.«

Der erzbischöfliche Kurfürst, der mit geistlichen Würden versehene Deutschordensritter Belderbusch, die Äbtissin – im Hinblick auf ihren weltlichen Lebensstil könnte man mit einem Körnchen Wahrheit sagen, das lebenslustige Rheinland – mindestens die herrschende Elite – habe sich der von der Kurie und den Jesuiten vorangetragenen Gegenreformation geschickt und standhaft entzogen. Jedenfalls wurde nach wie vor nicht alles, was von Rom kam, unterwürfig umgesetzt. Vielmehr herrschte hierzulande eine ganz eigene Auffassung, die Liebe und Freude als gottgefällig betrachtete und – hier wird der Wahlspruch der Jesuiten zum Kunstgriff – in maiorem Dei gloriam lebte. Friedrich der Große hat, was die adlige Sucht nach Glanz und Vergnügen betrifft, einmal gesagt, jeder Adlige wolle ein kleiner Ludwig XIV. sein, sein Trianon bauen und seine Maintenon küssen. Nicht anders war es im Rheinland.

In Belderbuschs Leben gab es eine merkwürdige Geschichte, die, von zunehmenden Amtspflichten verdrängt, im Lauf der Zeit in den Hintergrund getreten war. Als Page hatte er seinerzeit das Vertrauen des Kurfürsten Clemens August gewonnen und ihn bei diesem oder jenem privaten und amtlichen Unternehmen begleitet. Auch während der Karnevalszeit, in der sich der lebenslustige Kurfürst, als Bauer oder Schankwirt verkleidet, unerkannt unters Karnevalsvolk zu mischen pflegte. 1751 arrangierte er eine Bauernhochzeit, bei der er als Wirt den Brautvater gab, während der junge Belderbusch ohne große Begeisterung den als Bauer kostümierten Bräutigam spielte.

In ihrem festlich geschmückten Bauernkarren fuhr die Pseudohochzeitsgesellschaft über den Kölner Heumarkt. Hier bemerkte Clemens August im Gewühl eine durch Lärm und fremdländische Kleidung auffallende Gruppe von Vaganten. Während des Karnevals wurden Fahrende in der Innenstadt geduldet. Sonst mussten sie vor den Toren der Stadt bleiben. Clemens August ließ anhalten und erfuhr auf seine Nachfrage hin, die »Heyden«, wie man Nichtansässige nannte, stammten aus Rätien. Sie seien dem Lauf des Rheins gefolgt und verkauften aus dessen Bett stammende Steine, die Wunder wirkten. In ihrer Mitte befinde sich eine Wahrsagerin mit einer Kette aus Wolfszähnen um den Hals.

Sie saß auf dem Boden eines umgedrehten Kupferkessels, war nacktfüßig und trug einen roten zerfransten Rock. Ihr von der Sonne verbranntes Gesicht war von herabhängenden dunklen Haarsträhnen umrahmt. Die beauxrestes zeugten von einstiger Schönheit. An ihrer Seite stand ein zierlicher Knabe. Er mochte zwei Jahre alt sein. Als der Kurfürst herantrat, klammerte er sich ängstlich an den Rock des Zigeunerweibes, das dem vermeintlichen Schankwirt mit einer Kopfbewegung gegen das verängstigte Kind hin erklärte, es sei ihr Sohn Pascuoli.

Clemens August winkte Belderbusch heran. »Weib, kannst du diesem Bräutigam, der, wie du siehst, ein Bauer ist, die Zukunft lesen?«, fragte er. »So wahr ich Ulrica heiße«, antwortete die Angesprochene, und indem sie sich nicht von der Stelle rührte, ergriff sie die Rechte Belderbuschs, der, an die kurfürstlichen Eskapaden zwar gewöhnt, diesmal doch ein eher betroffenes Gesicht machte.

Urplötzlich zuckte Ulrica zusammen und stieß, Belderbuschs Hand fahren lassend, einen gellenden Schrei aus. Es war ein Wehruf, dem betretenes Schweigen der Umstehenden folgte, bis Clemens August die Zigeunerin gebieterisch aufforderte: »Weib, bedeute dem Hochzeiter endlich, ob er eine Doppelwiege oder eine einfache bereitstellen, ob er auch einen Knecht und eine Magd einstellen, wann er die Bäume pfropfen und ob er mehr Roggen oder Hafer aussäen soll!«

Ulrica erhob sich mit Mühe und Not. Sie ächzte. Ein heftiger Hustenanfall schüttelte sie. Als er vorbei war, trommelte sie mit den Fingern, die eben noch Belderbuschs rechte Hand umfasst hatten, auf den Boden des Kupferkessels und sprach: »Ich sehe ein Ungeheuer. Es treibt Mann und Ross und Wagen in Scharen durch eisige Steppen vor sich her.« Sie stockte. Ihr Kopf sank nach vorn. Mit geschlossenen Augen, doch zielsicher, wie von einem starken Gefühl geleitet, griff sie nach Belderbuschs rechtem Arm und sagte gedämpft, aber eindringlich, wobei sie zwischen den einzelnen Wörtern lange Pausen machte: »Ich–sterbe. – Ihro–Gnaden–werden–sich–um–Pascuoli–kümmern.«

Lautlos sank sie zu Boden und blieb regungslos liegen. Belderbusch flüsterte Clemens August etwas ins Ohr. Der Kurfürst nickte und befahl, die bewusstlose Zigeunerin und ihr Kind im Hochzeitskarren in ein nahegelegenes Kloster zu fahren, wo der zu bestellende kurfürstliche Leibarzt sich um die Kranke kümmern solle.

Der Hofmedicus schüttelte den Kopf. Ulrica war tot. Der kleine Pascuoli kam in ein Hospital, das neben Kranken auch Arme beherbergte. Der rätselhafte Vorfall gab am Hof einiges zu reden. Vor allem die Tatsache, dass die Vagantin Belderbuschs Adel erkannt hatte. Doch schon bald geriet alles wieder in Vergessenheit. Das Leben in den kurfürstlichen Schlössern nahm seinen gewohnten Lauf. Belderbusch erklomm die Karriereleiter (mehr als vier Stunden Schlaf blieben ihm nicht), bis er schließlich unter dem politisch wenig interessierten Kurfürsten Max Friedrich verschiedene wichtige Regierungsfunktionen in der Hand hatte.

Zwölf Jahre nach jener Karnevalsszene fuhren Belderbusch und die Äbtissin in einer verhängten Kutsche über den Heumarkt. Caroline bemerkte, wie sich der heitere Gesichtsausdruck Belderbuschs verfinsterte. »Was bedrückt Sie?«, fragte sie. Er seufzte. »Ich sehe die traurigen Augen eines Kindes. Mit einem Vorwurf auf dem Antlitz.« Die Äbtissin, die in allen Fällen den geraden Weg der Offenheit schätzte, sah ihn eindringlich an. Belderbusch räusperte sich. Schließlich erzählte er, erst stockend, dann durch die anteilnehmenden Blicke seiner Zuhörerin ermuntert, in flüssiger Rede die traurige Geschichte von Ulrica und Pascuoli, dessen Bild ihm bei der Fahrt über den erwähnten Schauplatz plötzlich wieder lebendig geworden war.

»Wie sehr sind wir in unserer menschlichen Schwäche gefangen in dem, was unserem Nutzen dient«, nahm die Äbtissin das Wort. »Und wie wertvoll ist unser Gewissen, das uns gelegentlich an Versäumtes erinnert.« Belderbusch errötete und schlug die Augen nieder. Caroline legte ihm die Rechte aufs Knie. »Achten wir vermehrt darauf, nicht zu versäumen, was sich nicht mehr gutmachen lässt! Vielleicht finden wir Pascuoli und können ihm schenken, was Liebe und Pflicht gebieten.« An dieser Stelle hob sie gegen ihre Gewohnheit die Stimme und fügte hinzu: »Lassen Sie ihn suchen, lieber Belderbusch, kümmern Sie sich mit ganzer Kraft darum, auch wenn derowegen die Zeit für Ihre Amtsgeschäfte geschmälert wird!« Belderbusch atmete schwer. Caroline endete mit den Worten: »Gott will es; denn es steht geschrieben: ›Was ihr getan habt einem unter diesen meiner geringsten Brüder, das habt ihr mir getan.‹« – Belderbusch nickte. Befriedigt nahm Caroline die Entschlossenheit wahr, die hinter seinem Nicken stand.

Belderbusch und die Äbtissin teilten die Auffassung, die Suche nach Pascuoli und die Verwirklichung der Absicht, ihn in ihre Obhut zu nehmen, müsse behutsam an die Hand genommen werden. »Eine überstürzte Versetzung in unsere Welt könnte ihn – gesetzt den Fall, dass wir ihn finden – verwirren«, bemerkte Caroline, »bei jedem neuen Riss können kaum vernarbte Wunden wieder aufbrechen. Ich gehe aufgrund des Wenigen, das wir wissen, davon aus, dass er nicht weiß, woher er kommt und wer er ist.«

Belderbusch kannte die jungen Offiziersanwärter 1. Klasse des kurfürstlichen Leibgarderegiments, die sogenannten Hartschiere, persönlich. Unter ihnen gab es einen ihm völlig ergebenen, der überdies klug und bescheiden war und der – wie Belderbusch zur Äbtissin einmal sagte – im Unterschied zu manch anderem nicht schwatzte. Ihn betraute Belderbusch mit den Pascuoli betreffenden Nachforschungen, indem er ihn anwies, beim städtischen Armen- und Waisenhaus auf dem Holzmarkt an der Kleinen Witschgasse zu beginnen, wo jener Junge, um den es gehe, vor Jahren eingewiesen worden sei.

Glücklicherweise war der Prior schon lange im Amt. Ein fremder Zigeunerjunge, dessen Namen er vergessen habe, sei früher tatsächlich hier gewesen, beschied er dem Hartschier. Dann erklärte er in jener weitschweifigen Art, die Leute seines Alters oft haben, in ihrem Haus würden sonst neben Kranken und Korrektionsbedürftigen ausschließlich einheimische Arme beherbergt. Weshalb man jenes fremde Vagantenkind über Jahre hierbehalten habe, wisse er nicht. »Vielleicht auf obrigkeitliche Anordnung«, fügte er bei und ließ dann seinem Unwillen über das mangelnde Interesse der Oberen an seiner Institution, der auch ein Spital angegliedert war, freien Lauf. »Alles überbelegt«, jammerte er und fuchtelte bekräftigend mit den Armen herum.

Der Hartschier musste sich Mühe geben, nicht von

einem Fuß auf den andern zu treten. Geschickt nahm er den Faden wieder auf, und nach einigem Nachdenken glaubte der Prior sich erinnern zu können, dass jener junge Zigeuner vor einigen Jahren in einer Porzellanmanufaktur untergekommen sei. »Ich schließe nicht aus, dass er eines Tages wieder hier eingeliefert wird. Ins Spital. Als Säufer«, brummte er und schlurfte missmutig davon.

Pascuoli im Labyrinth der Porzellanmanufakturen zu finden war alles andere als einfach. Besonders weil jene Manufakturbesitzer, die Kinder vom fünften Lebensjahr an für einen Hungerlohn beschäftigten, dies, so gut es ging, vor der Obrigkeit verbargen. Belderbusch hatte dem Kurfürsten vorgeschlagen, Schulen für Kinder aus ärmlichen Verhältnissen einzurichten »Das Porzellan auf den festlich geschmückten Tafeln in unseren Schlössern ist von Brennern gebrannt, die das häusliche Elend im Schnaps ertränken«, sagte er zu Max Friedrich. »Die Kinder müssen durch Arbeit zum Auskommen der Familie beitragen und wachsen ohne jede Schulbildung auf.« Eine Heilanstalt für trinkende Brenner wäre zwar ebenfalls dringend nötig, fürs Erste schlage er indessen eine Schule für jene Kinder vor, die in Manufakturbetrieben ausgenützt würden.

Zum Ärger der reaktionären Fraktion des Hofes – der Hofschranzen, wie die Äbtissin sagte – hatte Kurfürst Max Friedrich Belderbuschs Vorschlag und einem entsprechenden Erlass zugestimmt. Zunächst wollte Belderbusch die Zahl jener Knaben erheben lassen, deren Bildungsnotstand beseitigt werden sollte. Manche Manufakturbesitzer sahen ihre Felle – die billigsten Arbeitskräfte – davonschwimmen und hintertrieben die obrigkeitlichen Maßnahmen, indem sie, von den Eltern unterstützt, eine Art Versteckspiel spielten. Bevor man ihnen die Kinder wegnähme, würden sie Kurköln verlassen, sagten die Väter, schlimmer werde es anderswo auch nicht sein.

Mit Entsetzen vernahm Belderbusch, dass in den visitierten Elendsbehausungen nicht selten zehn Personen und mehr in einem einzigen Raum hausten, mit Lumpen, die als Nachtlager dienten, und einem in der Mitte eingelassenen Loch für die Notdurft. Die Äbtissin, der Belderbusch seine Sorgen anvertraute, meinte: »Wer will es den armen Brennern verübeln, wenn sie nicht begreifen, dass Bildung der einzige Weg aus dem Elend ist. Der Glanz der Hofschranzen, die sich allen Reformen in den Weg stellen, nährt sich aus dem Elend der Armen.«

Nach mehreren fehlgeschlagenen Versuchen kehrte der hartnäckige Hartschier, einer Eingebung folgend, an jenen Ort zurück, wo er seine Suche, nach den vergeblichen Nachforschungen im städtischen Armen- und Waisenhaus, fortgeführt hatte. Nach Bonn, zu Savonneriemeister Ferdinand Gloss, der Möbelbezüge, Wandbehänge und geknüpfte Bilder herstellte und daneben als Posamentierer tätig war. Als der Hartschier vom Pferd stieg, bemerkte er vor dem Eingang einen Jungen, dessen dunkle Hautfarbe ihm auffiel und der sich beim Anblick von Ross und Reiter ängstlich abwandte. Der Hartschier rief ihn energisch heran und gab ihm die Zügel seines Pferdes. »Führe es zum Brunnen, ich muss mit dem Meister sprechen.« Er legte dem Jungen die Hand auf die Schulter: »Du traust dir doch zu, mit meinem Rappen umzugehen?« Der Junge nickte. »Wie heißt du?« »Pascuoli«, murmelte der Angesprochene.

Die schwere Haupttüre ächzte. Von einem Aufpasser alarmiert, trat Ferdinand Gloss auf den Hofplatz. Nun erwies es sich erneut, wie gut Belderbusch daran getan hatte, dass er unter den Hartschieren gerade diesen mit der heiklen Mission betraut hatte. Selbstbewusst sagte er zu Gloss, er komme im Auftrag des Hofes. An dieser Stelle machte Glossens Misstrauen der Hoffnung auf einen lukrativen Auftrag Platz. Der Hof hatte ihm bisher vor allem Posamentierstücke, Zierbänder, gewebte Borte, Litzen und dergleichen abgekauft. Es wäre an der Zeit, dachte er, dass man ihm einen Wandbehang oder eines der sich stapelnden Bilder abnähme. Es schien, als könne der Hartschier Gedanken lesen. »Guter Mann«, sagte er, »mein Herr, der hochwohllöbliche Graf Belderbusch, gedenkt die Manufaktur nächstens aufzusuchen. Sie sollen ihm eine Reihe von Wandteppichen mit Jagdmotiven vorlegen und, falls bei Ihnen keine vorhanden sind, solche umgehend herbeischaffen, vielleicht im Tausch oder wie auch immer. Gloss nickte und rieb sich die Hände. Ein Speichelfaden rann ihm über das Kinn.

Der Hartschier gönnte ihm kaum einen Augenblick des Verharrens in seiner Wonne. Da sei noch ein anderes wichtiges Anliegen, fuhr er fort. Durch dessen Erfüllung könne sich der Meister gerade jetzt und für die Zukunft verdient machen. Im Marstall von Schloss Falkenlust seien neue Vollblüter eingetroffen, doch fehle es an Stallburschen. Jener fremdländisch wirkende Knabe – er zeigte auf Pascuoli am Brunnen –, der so selbstverständlich mit seinem nervös tänzelnden Pferd umgehe, scheine ihm geeignet, die Lücke auf Falkenlust zu füllen. Solange man seiner bedürfe, finde er beim Falkenmeister von Falkenlust Brot und Unterkunft. Er wies mit der Linken auf die Manufaktur und richtete den Blick auf Pascuoli. Er sei sicher, dass Gloss, wenn er sich willig zeige, mit Folgeaufträgen rechnen könne.

So überrascht und unwillig Gloss innerlich war, so übertrieben dienstfertig gab er sich gegenüber dem Hartschier. Pascuoli war ein äußerst geschickter Arbeiter, den er täglich zwölf oder dreizehn Stunden arbeiten und schwere Lasten schleppen ließ, weswegen er ihn nicht gern hergab. Zudem befürchtete er, dass die unmenschlichen Arbeitsbedingungen, die bei ihm herrschten, nach Pascuolis Weggang ans Tageslicht kommen könnten. Doch nachdem er den Gewinn durch Aufträge des Hofes in einer Nutzenmaximierung erwogen hatte, folgte er dem ökonomischen Grundsatz »quid pro quo«. Es sei ihm eine Ehre, der Obrigkeit zu dienen, sagte er und machte eine tiefe Verbeugung.

»Bring den Rappen zurück!«, rief der Hartschier Pascuoli zu. Dieser senkte den Kopf, als der Hartschier sich mit den Worten an ihn wandte: »Wie ich sehe, versteht ihr euch, du und mein Feuerfuchs. Mein Hengst ist nämlich ein regelrechter Menschenkenner, und wenn ihn ein Gefehlter zu halten versucht, wird er bockig. Wie wäre es, wenn du, statt Teppiche zu knüpfen, auf Schloss Falkenlust Pferde betreuen würdest, wozu natürlich nicht nur das Füttern, Striegeln und Ausmisten gehört? Eine harte Arbeit, eine sehr harte Arbeit! Wir wollen es doch einfach versuchen!«

Pascuoli hob den Kopf und schaute erst ungläubig auf den Hartschier, danach fragend auf Gloss. »Der Meister ist einverstanden«, sagte der Hartschier, »wenn es dir recht ist, bist du ab morgen Stallbursche auf Schloss Falkenlust!« Er drückte Gloss und Pascuoli bekräftigend die Hand, schwang sich in den Sattel und stob davon. Gloss schwieg. Pascuoli wähnte sich in einem Traum und schaute verschleierten Blickes in die Staubwolke.

Belderbuschs Erleichterung war groß. Der Hartschier wurde mit Lob und Dank überschüttet. Er erhielt einen Säbel mit Portepee, und Belderbusch verhieß ihm eine glänzende Zukunft. Da unser Augenmerk vornehmlich Pascuoli gilt, in dessen Leben der Hartschier fortan keine Rolle mehr spielt, sei das weitere Schicksal dieses viel versprechenden Mannes, der Zeit vorauseilend, hier festgehalten. Ihm war das traurige Los Tausender und Abertausender Männer jener Zeit beschieden. Als Bataillonskommandant eines kurkölnischen Kleinkontingents starb er im Ersten Koalitionskrieg gegen Frankreich, noch vor der Kanonade von Valmy, inmitten von Kranken, die, wie er, an der Ruhr daniederlagen. –

Pascuoli schlief im Haus des Falkners in einem kleinen, schlicht weiß gekalkten Zimmerchen mit einer Bettstatt, einer strohsackartigen Matratze, Federkissen und wollenen Decken. Obwohl der Falkenmeister und dessen Haushälterin ihm gut zuredeten, konnte er seine Verwirrung nicht verbergen. Bei Savonneriemeister Gloss hatte er kaum freundliche Worte gehört, sich mit kärglichem Essen und beim Schlafen mit etwas Stroh auf dem Fußboden begnügen müssen. Wie von der Äbtissin vorhergesehen, bekundete er Mühe, das Neue zu begreifen.

Florian, der blauäugige und blond gelockte Sohn des verwitweten Falkenmeisters, arbeitete tagsüber in der Falknerei. Er sollte dereinst in die Fußstapfen des Vaters treten. Er war, sechzehnjährig, etwa gleich alt wie Pascuoli, dessen genaues Geburtsdatum nicht bekannt war. »Sei gut zu Pascuoli«, hatte der Vater den Sohn gebeten. Pascuoli sei elternlos, und es wäre schön, wenn er, Florian, den Gleichaltrigen wie einen Bruder annähme.

Es hätte der Worte des Falkners nicht bedurft. Florian hatte ein offenes Wesen und war äußerst feinfühlig. In seinen Augen lag etwas Sinnendes, Suchendes. Mit zweieinhalb Jahren hatte er die Mutter verloren. War es die zunächst unausgesprochene Erfahrung eines elementaren Verlustes, die eine ahnungsvolle Verbindung zwischen beiden Jünglingen herstellte?

In kurzer Zeit gelang es Florian, Pascuolis Abschottung zu durchbrechen, indem er ihn in Gespräche über Tiere verwickelte. Das war die Brücke, über die sie zueinander fanden. Ob er ein Lieblingstier habe, fragte Florian Pascuoli eines Tages. »Eigentlich liebe ich alle Tiere«, antwortete Pascuoli, was ein gewisses Distanzbedürfnis bei giftigen Tieren nicht ausschließe. »Schlangen, Skorpione, Vogelspinnen und dergleichen«, sagte Florian, der seit einiger Zeit bei einem privaten Hauslehrer eine Art Universalunterricht hatte. Pascuoli lächelte, was Florian erfreute.

Jetzt, wo der Bann gebrochen war, verwandelte sich Pascuoli im Gespräch mit Florian urplötzlich in einen redenden Springbrunnen. »Ich habe mehrere Lieblingstiere«, begann er. »Unter ihnen die Katze, den Hund, das Pferd, die Falken und die Vögel überhaupt. Ich freue mich über den Unabhängigkeitssinn der Katzen, über ihr seidenweiches Fell. Ich freue mich über den schlanken, mir zärtlich entgegengestreckten Pferdehals. Ich freue mich über den treuen Hundeblick. Ich freue mich über die beweglichen Äugelein der Vögel. Und ich freue mich über den aufsteigenden Falken, der hoch in den Himmel fliegt, wo es keine Käfige gibt.« – Pascuoli dachte an die Verschläge, in denen die elternlosen Kinder bei Savonneriemeister Gloss hausten. »Und wenn mein Lieblingsfalke Gustav aufsteigt, möchte ich ihm zurufen: ›Flieg, flieg, flieg – und kehre nie mehr zurück!‹«

Florians Gesicht, das erfreutes Staunen ausdrückte, hätte, von einem Maler des Goldenen Zeitalters festgehalten, ein schönes Porträt ergeben. – »Da ist noch etwas«, hob Pascuoli wieder an, ohne die Stimme, die er früher bei jedem Satz, bei jedem »Ja« oder »Nein« gesenkt hatte, zu senken: »Meine Mutter ist mir im Traum erschienen. Sie hat mir gesagt, ich solle mich für die leidenden Tiere einsetzen. Ich will herausfinden, weshalb der aufgestiegene Falke herunterstürzt und die Taube schlägt. Beim Pferd finde ich keine Grausamkeit. Es frisst Hafer.«

Florian, dem die Falknerei nicht besonders zusagte und der sich mehr zu Pferden hingezogen fühlte, packte die Gelegenheit beim Schopf: »Wir könnten den Vater beim Abendbrot fragen, ob wir unsere Arbeit, unseren Lieblingsinteressen folgend, eine Zeitlang tauschen dürfen. Du bei den Falken und ich bei den Pferden. Ferner will ich den lieben Vater fragen, ob du mit mir zusammen zu Lehrer Rosenast kommen darfst. Natürlich nur, wenn du willst.« – Sie sahen einander in die Augen. »Pascuoli und die Krallenfüße der Beizvögel«, scherzte Florian. Sie lachten. »Pferdemist und Gerste für Florian«, spaßte Pascuoli.

Mit einem Lächeln auf seinem zerfurchten Gesicht kehrte der Falkenmeister, der alles, was Pascuoli betraf, mit Belderbusch besprach, von diesem zurück. »Es ist gut«, sagte er seinen Schützlingen. »Noch heute rede ich mit dem Stallmeister. Ich freue mich auf meinen neuen Falkenjungen, und Lehrer Rosenast wird sich auf seinen neuen Schüler freuen.« –

Rosenasts Familie war in der Eidgenossenschaft wegen ihres jüdischen Glaubens im Rahmen sogenannter Bettelfuhren von einem Kanton in den andern abgeschoben worden und schließlich nach Preußen ausgewandert. Von Preußen kam Lehrer Rosenast nach Kurköln. Als Jude wurde er von den Hofschranzen mit Misstrauen beobachtet, auch weil er in der Gunst des Kurfürsten stand, der ihn wegen seines umfassenden Wissens gern zu Rate zog, wenn er sich auf Reisen in ferne Länder begab, und der es in Glaubenssachen mit dem alten Fritz hielt, dem man den Ausspruch zuschreibt, ein jeder solle nach seiner eignen Façon selig werden.

Das Erlernen der Reitkunst bereitete Pascuoli nicht die geringste Mühe. Es war für die beiden Jungen ein großes Vergnügen, zusammen auszureiten, die Pferde zu bewegen, wie der Stallmeister sagte, indem er mahnend hinzufügte: »Bewegen, aber nicht zu scharf!« Oft streiften Pascuoli und Florian an freien Nachmittagen auch zu Fuß durch die umliegenden Wälder. Sie fühlten sich zur Natur hingezogen, auf deren bizarre Formen und Auswüchse in Geäst und Wurzeln sie sich gegenseitig aufmerksam machten. »Sieh mal diesen knorrigen Strunk! Wie ein uralter Wurzelmann schaut er uns an.«

Die Naturbeobachtung ist Heranwachsenden sonst eher noch fremd. Das kommt in der Regel später. Pascuoli und Florian waren besonders weit entwickelt. »Schau, wie prächtig dort Stein, Wurzeln und Moos ineinander verwoben sind«, sagte Florian. Pascuoli flüsterte beinahe andächtig: »Auf der Rinde jener Eiche zeichnen Sonne und Schatten ein Spiel, wie es allein die Natur kann.« Wenn sie Glück hatten, sahen sie von weitem die gesträubten Pinselohren eines Luchses. Im Winter krallten sich die Meislein an ihren Fingern fest, um sich an den mitgebrachten Brosamen gütlich zu tun. »Glaubst du, dass Tiere ein Gemüt haben?«, fragte Pascuoli. Florian antwortete, er wisse es nicht, aber sie könnten Lehrer Rosenast fragen.

Rosenast wäre nicht Rosenast gewesen, hätte er das Anliegen seiner Eleven zurückgewiesen oder sie mit nichtssagenden Phrasen abgefertigt. Zunächst sprach er über die Unsitte jener Menschen, die alles, was sie glaubten, für allgemeingültig und absolut hielten. »Denken Sie stets daran: Die Wahrheit, die Sie erkennen und aussprechen, ist Ihre Wahrheit, Ihre ganz persönliche subjektive Wahrheit. Das gilt auch für meine Überzeugung, dass Tiere – ich denke an die entwickelteren unter ihnen – ein Gemüt haben.« Rosenast gab sich als Katzennarr zu erkennen. »Nehmen wir an«, fuhr er fort, jemand würde mir sagen: ›Sie müssen doch zugeben, dass Katzen kein Gemüt haben‹, würde ich antworten: ›Muss ich?‹« Dann erzählte Rosenast, noch einmal auf die Subjektivität im Allgemeinen und hier im Besonderen verweisend, folgende Geschichte: »Ich hatte eine kleine Katze, die, wenn ich sie streichelte und kraulte, mir aus Erkenntlichkeit eine bühnenreife Vorstellung gab, indem sie sich vor mir auf dem Boden wälzte und mir die Pfoten entgegenstreckte. Eines Tages kam sie vergiftet heim. Ich konnte sie nicht mehr retten, sondern nur noch hie und da streicheln in ihren Qualen. Auf einmal erhob sie sich mühsam, schlich zu mir hin, wälzte sich auf dem Boden, streckte mir die Pfötchen entgegen, sah mich lang an, dehnte sich und starb. Ich werde ihren Blick nie vergessen. Kein Gemüt? – Haben Sie meine Fragezeichen, die ich durch das Anheben der Stimme markierte, bemerkt, meine Herren? Mit diesen Fragezeichen fordere ich Sie dazu auf, über das aufgeworfene Problem miteinander in einen Fortsetzungsdialog zu treten.« – Pascuoli und Florian waren beeindruckt.

Der Austausch auf ihren Ausflügen – selbst Wolkenbrüche hielten sie nicht davon ab – war bald ernster, bald heiterer, ja schelmischer Natur. Oft schwiegen sie. Und manchmal trat etwas Melancholisches in ihr Gesicht. »Du schaust so traurig in die Welt«, sagte Pascuoli einmal zu Florian, und dieser hätte es ebenso gut zu jenem sagen können. »Du hast mir letzthin erzählt, deine Mutter habe im Traum zu dir gesprochen«, sagte Florian. »Es ist sonderbar«, fuhr er fort, »in der folgenden Nacht hatte ich ebenfalls einen Traum, in dem meine Mutter, an die ich mich nicht bewusst erinnere, vorkam. Sie lag blutend am Boden. Ich war nicht weit weg. Ich wollte zu ihr. Doch ich konnte mich nicht von der Stelle rühren. Ich erwachte, mindestens halbwegs, und in diesem halbwachen Zustand hatte ich plötzlich das Gefühl, jene blutende Frau sei gar nicht meine Mutter, sondern deine.«

Lange schauten sie schweigend mit jener Ratlosigkeit in die Welt, mit der Träume uns oft zurücklassen. Pascuoli beendete die Sprachlosigkeit mit den Worten: »Ich glaube, der Himmel hat einen Riss bekommen und unsere Mütter stürzten, losgerissen, in die Tiefe. Und doch sind sie ganz nah.«

\*

Es mag etwa zur selben Zeit gewesen sein, als die Äbtissin zu Belderbusch sagte, sie glaube, es sei an der Zeit, Pascuoli einzuweihen, wie sie es formulierte. Inzwischen habe er offensichtlich mehr Selbstbewusstsein gewonnen, und darauf könne man bauen. Denn Kraft zur Bewältigung der offenbarten Vergangenheit sei nötig, darin waren sich der Graf und die Äbtissin einig.

Am frühen Abend ritten Belderbusch und die Äbtissin nach Falkenlust, das sie seit Pascuolis Ankunft gemieden hatten. Der Falkenmeister, der eingeweiht war und sie erwartete, nahm die Zügel beider Pferde und ließ Pascuoli holen. Dieser erkannte sofort, dass die Gäste des Falkenmeisters vornehmen Standes waren, und deutete eine Verbeugung an. Der Falkenmeister stellte ihm den Graf und die Äbtissin vor und freute sich insgeheim, dass Pascuoli nicht mit jener Scheu reagierte, die ihn in der Anfangszeit auf Falkenlust in allen Belangen gehemmt hatte. Auf ganz natürliche Weise nahm Pascuoli dem Falkenmeister die Zügel ab und führte Belderbuschs Rappen und den Schimmel der Äbtissin zum Brunnen.

Belderbusch hatte die Äbtissin im Vorfeld gebeten, sie möge an seiner Stelle die geplante Unterredung mit Pascuoli führen. Nicht dass er sich vor dieser Aufgabe drücken wolle, »aber Gnädigste Frau Äbtissin wird es auf natürliche Weise gelingen, das Richtige zu treffen«. Eine flüchtige Röte war über Carolines Gesicht gehuscht und sie hatte ihrem Einverständnis die Worte beigefügt: »Ich weiß Ihr Vertrauen zu schätzen, werter Belderbusch, aber ebenso sehr weiß ich bei Schmeicheleien den nötigen Abzug zu machen.«

Über das Gerank aller Konventionen hinweg nahm die Äbtissin Pascuoli bei der Hand und spazierte mit ihm durch die von Hofgärtner Cunibert Lenné angelegten Alleen. Sie habe ihm etwas zu sagen, das ihn betreffe. Mit diesen Worten begann die Äbtissin ihre Ausführungen, in denen sie Pascuoli alles, was sie über ihn wusste, anvertraute.

Pascuoli schwieg. Aufmerksam beobachtete die Äbtissin seine Gesichtszüge, in denen sich spiegelte, was ihn bewegte:

*Dankbarkeit.* Die Dankbarkeit, endlich Gewissheit zu erhalten, wo bisher keine gewesen war.

*Verwirrung.* Die Mutter eine Vagantin, die ihn in letzter

Not einem Edlen anvertraut hatte. Der Irrweg des Schicksals, das ihn zunächst in die untersten Schichten, wo Missbrauch und Gewalt herrschen, verstoßen hatte. Und nun war er ein Glied, wenngleich ein kleines, im Gefolge des mächtigen Kurfürsten. Dieser unglaublichen Wendung verdankte er die Freundschaft mit Florian. Florian! Ihm galt das Lächeln, das die Äbtissin am Ende ihrer Erzählung auf Pascuolis Gesicht beobachtete. Ihr war die innige Beziehung beider Knaben nicht verborgen geblieben. »Ja, ja«, fügte sie bei, »Gottes Wege sind unergründlich.« –

Sie machte eine Pause. Pascuoli spürte, dass sie sich in ihr Inneres versenkte, sich auf etwas besann. »In dieser Schicksalsstunde«, sagte sie, »möchte ich dir einige meiner Empfindungen und Gedanken mitgeben. Mögen Sie dir auf deinem weiteren Weg vorausleuchten!«

»Eine Mutter«, fuhr sie fort, »kann nicht ersetzt werden; ein Vater wohl auch nicht. Doch nichts kann mich daran hindern, für dich und Florian mütterliche Gefühle zu empfinden. Das Wort ›Mutter‹ umschließt unendlich viel. Die Liebe. Meine Gefühle für dich und Florian sind für mich wie eine Blüte, deren Duft mein Herz weitet.«

Seine Mutter werde von den Leuten als »Vagantin« bezeichnet. Die Gruppe, der sie angehört habe, als »fahrendes Volk«. Selbst einfache Brenner würden die Fahrenden verachten, so, als seien sie geradezu froh, dass es Leute gebe, die noch tiefer stünden. Belderbusch und sie hielten nichts von solchen Vorurteilen. Die Fahrenden lebten viel stärker als die Sesshaften im Einklang mit der Natur, deren Lauf sie sich auf ihren Wanderungen anpassten. Sie bildeten eine Gemeinschaft, in der einer dem andern nach dem Motto »Einer für alle, alle für einen« beistehe. Was sie hier sage, wisse sie von Annemarie. Annemarie sei der gute Geist des Klosters Vilich. Bevor sie in Vilich sesshaft geworden, sei sie, wie Ulrica, mit dem fahrenden Volk umhergezogen. Vieles von dem, was jetzt den Kranken, deren man sich in Vilich annehme, zugutekomme, habe sie im Kreis der Ihren auf der Landstraße gelernt.

»Schließlich ist es mir wichtig«, endete die Äbtissin und legte den Arm um Pascuolis Schultern, »dir zu sagen, wie sehr es Graf Belderbusch bedauert, dass er dich in seiner jugendlichen Unbekümmertheit und auf sein Fortkommen bedacht eine Zeitlang im Stich gelassen hat. Vergib ihm und freue dich darüber, dass er an dir gutmachen will, was er versäumt hat!« – »Ja, Frau Mutter«, sagte Pascuoli, und die Anrede »Frau Mutter« kam ihm wie von selbst über die Lippen.

Was jetzt noch folgte, war die Quintessenz sämtlicher Überlegungen der Äbtissin: »Graf Belderbusch hat dich aus den Augen verloren, weil er seine Karriere im Kopf hatte. Du, lieber Pascuoli, wirst, von Belderbusch gefördert und wenn die Umstände günstig sind, ebenfalls Karriere machen. Dagegen ist nichts einzuwenden. Vergiss jedoch nie, dass wir unser Glück nicht außer uns suchen dürfen, sondern in uns und in der Liebe, die unser Tun leitet. Das ist das eigentliche Vermächtnis deiner Mutter Ulrica, als sie dein Schicksal in Belderbuschs Hände legte.

\*

Ein Jahr verging, das Belderbusch im Gespräch mit der Äbtissin rückblickend als widrig und freudvoll zugleich bezeichnete. Mit dem Widerwärtigen meinte er die Hofclique, die seine Reformanstrengungen hintertrieb und ihn zu Steuererhöhungen zwang.

Erfreulich hingegen war die Beziehung Belderbuschs und der Äbtissin zu Pascuoli und Florian. Irgendwann sprach Belderbusch im Gespräch mit Caroline einmal von »unserer kleinen Familie«.

Sooft es ihre Verpflichtungen zuließen, trafen sich der Graf und die Äbtissin auf Falkenlust mit den beiden Heranwachsenden, die sich körperlich, schulisch und in ihrem Verhalten prächtig entwickelten. Florian wurde Jungstallmeister, Pascuoli Jungfalkenmeister. Beide erhielten Uniformen mit dem kurfürstlichen Wappen.

»Es gefällt mir sehr«, bekannte Belderbusch im Gespräch mit der Äbtissin, »dass unsere kleine Familie sich über alle sonst üblichen Schranken hinweg gebildet hat.« Die Äbtissin antwortete: »Ihre väterlichen Gefühle für Pascuoli machen mir wieder einmal bewusst, dass es zwei Arten der Vaterschaft gibt. Die des Blutes und eine höhere, auf ethischer Verantwortung beruhend. Das fremde Kind, das Sie, lieber Belderbusch, aus üblen Verhältnissen befreit haben, dankt es Ihnen mit Zuneigung. Dann ist da auch noch Florian. All diese günstigen Umstände haben es Pascuoli möglich gemacht, sich mit dem früheren Elend zu versöhnen.« Ihre eigenen Verdienste erwähnte die Äbtissin nicht.

Belderbusch wollte diese gerade nachtragen, als er bemerkte, dass sich der Gesichtsausdruck der Äbtissin verdüsterte. Fragend sah er sie an. »Mich irritiert das Wort ›Glück‹, das ich zwar zu Recht verwendet habe«, sagte sie, »das mich nun aber im Nachhinein etwas melancholisch stimmt. ›Alles hat seine Zeit‹ – auch das Glück. So wenig wie das Glück sich herbeizwingen lässt, kann man es festhalten. Mögen Gegenwart und Zukunft unter günstigen Auspizien stehen!«

Die Äbtissin war zweifellos eine überaus lebenskluge Frau, die die Unwägbarkeiten des Lebens kannte. War der Zweifel an der Beständigkeit des Glücks der kleinen Familie allgemeiner Natur oder entsprang er einer dunklen Ahnung?

Als Rosenast eine längere Reise nach Frankreich unternahm, ins »pays des lumières«, wie er seinen beiden Zöglingen erklärte, bot sich für Pascuoli und Florian endlich Gelegenheit, einige unterrichtsfreie Tage auf Schloss Miel zu verbringen. Da der Schlossherr zur selben Zeit eine Reihe von Gästen beherbergte, die wie jedes Jahr zur Beize kamen, wurden die beiden Jünglinge in einer Dachkammer des Dienstbotenflügels untergebracht. Der Hausmeister lachte, als sie etwas verdutzt auf das alte Himmelbett schauten, dessen Standhaftigkeit nicht über jeden Zweifel erhaben und dessen Baldachin zerschlissen war. »Zwischen Rissen in Himmel und Gebälk schläft es sich besser als zwischen Rossäpfeln und Stutenpisse«, scherzte er. Pascuoli und Florian lachten.

Eine besonders markante Eigenart der an sich längst ausgemusterten Liege bemerkten sie erst, als sie sich, von den Anstrengungen des Tages erschöpft, niederlegten und sich ihre Körper infolge einer wahrscheinlich durch üppige Liebesspiele in der Mitte entstandenen Mulde näher und näher kamen. Sie mussten lachen. Ihr Lachen war frei. In Pascuolis Lachen lag die neu gewonnene Stärke eines Menschen, der seine Angst vor Nähe verloren hat.

Florians und Pascuolis Aufenthalt auf Schloss Miel war von kurzer Dauer. Aus unterschiedlichen Richtungen kamen eines Morgens zwei berittene Boten. Beinahe zeitgleich. Der Stallmeister von Falkenlust leide an einem Gichtanfall und brauche Florians und Pascuolis Hilfe, berichtete der eine. Die Äbtissin, so die Botschaft des anderen, ersuche Pascuoli und Florian dringend, nach Vilich zu kommen, um Annemarie bei der gegenwärtig überbordenden Krankenpflege zu unterstützen. Die Vernunft gebot, die beiden Freunde einzeln auf den Weg zu schicken, Pascuoli nach Vilich und Florian nach Falkenlust.

War es ein Erbteil der Vorfahren? Trotz seiner hervorragenden Intelligenz war Pascuoli nicht ganz frei von abergläubischen Vorstellungen. Er glaubte, wenn er Florian beim unvermeidlichen Abschied in die Augen blicke, werde er ihn nie wiedersehen. Während Florian in der Mulde des zerschlissenen Himmelbettes in seine Morgenträume versunken war, schwang sich Pascuoli im Einvernehmen mit Belderbusch und dem Hausmeister in aller Herrgottsfrühe aufs Pferd.

Beim Erwachen fand Florian an Stelle des Freundes eine Zeichnung. Es war ein Falke. Darunter stand die Widmung: »Zum Abschied für Florian. Ich reise, Freund, ich reise früh. Ich fliehe vor dem Wahn, es sei für immer, wenn wir uns von Angesicht zu Angesicht verabschieden. Manches habe ich in den letzten Jahren gelernt. Die Angst, zu verlieren, was wir lieben, ist geblieben. Verzeih mir! Sei unverzagt und freue Dich auf unser Wiedersehen. Und ergötze Dich, bis es so weit ist, an Gustav, dem Falken. Graf Belderbusch hat sein Konterfei, das ich eigens für Dich gefertigt habe, begutachtet und gefunden, der lange krumme Schnabel erinnere ihn an eine Habsburger Nase. Fern von Dir wird es mir gehen wie in den Versen, die wir mit Rosenast gelesen haben, von denen mir aber nur der erste in Erinnerung geblieben ist: ›Mein Herz will sich entzünden, sooft ich an dich denk […]‹. Ob du errätst, weshalb die Haube Gustavs auf meiner Zeichnung nach hinten gerutscht ist, so dass man sein rechtes Auge sieht? Pascuoli.«

Lange dachte Florian über das Rätsel des auf der Zeichnung sichtbar gemachten Falkenauges nach. Es sei das Auge der Freiheit, fand er schließlich. Hatte ihm Pascuoli nicht einmal anvertraut, wenn er Gustav abhaube und fliegen lasse, denke er: »Bleib oben, in der Freiheit!« Florian lächelte versonnen vor sich hin. Vielleicht würde er mit Pascuoli dereinst die Freiheit suchen.

*

Trotz Überlastung durch Seuchenkranke und Verletzte nahm sich die Äbtissin viel Zeit für ihren Schützling Pascuoli. In leicht verständlicher Art führte sie ihn in die Kräuterheilkunde ein, die ihr, wie die Natur überhaupt, am Herzen lag. Schon Cassidorus, ein römischer Staatsmann, habe gelehrt: »Lernet die Eigenschaften der Kräuter und die Mischungen der Arznei kennen!«, erklärte sie Pascuoli. Leider sei der Umgang mit Kräutern mit Aberglauben verbunden. Waldamanna, Stinkerich, Hundskohl, Schuttbingel und Wodanskraut aus der Familie der Bingelkräuter etwa hätten früher als Hexenkräuter gegolten. Man habe daraus eine Paste, eine Flugsalbe, hergestellt und behauptet, mit deren Hilfe könnten die Hexen mit ihren Besen auf den Blocksberg fliegen. Ebenso unsinnig sei der Glaube, Baldrian wirke gegen Zauberei und böse Geister, was im Spruch »Baldrian, Dost und Dill – kann die Hex nicht, wie sie will« zum Ausdruck komme. In den Häusern und Hütten des Rheinlandes würden getrocknete Baldriansträuße aufgehängt, weil man glaube, sie brächten Glück und könnten Böses in Gutes verwandeln. Das Böse aber bleibe stets das Böse, gegen das Schlechte sei kein Kraut gewachsen, fügte die Äbtissin bedauernd hinzu.

»Meine Feinde am Hof des Kurfürsten – und deren gibt es manche – nennen mich ›Kräuterschlange von Vilich‹«, sagte Caroline weiter. Sie selbst halte dies cum grano salis – sie wusste, dass Pascuoli diese Wendung von Rosenast kannte – für einen Ehrentitel. Die Schlange sei ein heiliges Tier. »Und künftig werde ich mich wohl tatsächlich, wenn meine Kräfte abnehmen, beim Kräutersammeln in unwegsamem Gelände auf einen aus Holz gefertigten, von geschnitzten Schlangen umwickelten Äskulapstab stützen müssen.« Als die Äbtissin das fragende Gesicht ihres aufmerksamen Zuhörers bemerkte, erzählte sie ihm den grauenerregenden, um Asklepios kreisenden Mythos. Pascuoli meinte: »Mir wird bang, Gnädigste Frau

Mutter, wenn ich an Mord, Tod auf dem Scheiterhaufen und dergleichen Gräuel denke, von denen Sie mir berichtet haben. Ist es in der wirklichen Welt auch derart schlimm?« Caroline besann sich. Dann sagte sie: »Es gibt mehr List und Bosheit in der Welt als Liebe und Demut. Manchmal frage ich mich, ob in uns allen ein böser Dämon wohnt, den wir nur mit dem festen Willen zur Liebe überwinden können.«

Es erstaunte die Äbtissin keineswegs, dass Pascuoli sich mit Annemarie, »dem guten Geist von Vilich«, von Beginn weg auf das Beste verstand. Ohne dass Caroline auch nur den geringsten Anflug von Neid verspürte, nahm sie wahr, wie auch Annemarie Pascuoli mit Muttergefühlen begegnete. »Das Blut wallt im Licht der Herkunft«, dachte die Äbtissin.

Das Spezialgebiet der Äbtissin und Annemaries, die von weiteren Stiftsdamen unterstützt wurden, war die Wundheilung durch Kräutersalben. Von weit her kamen Frauen, Männer und Kinder, der Hilfe bedürftig. Geduldig hörten ihnen die Frauen von Vilich zu. Wenn sie merkten, dass die Not mehr von der Armut als vom Körper ausging, halfen sie mit Almosen. Der Hofmedicus hatte Caroline auf Falkenlust einmal in einer Mischung aus Ärger und Spott vorgeworfen, sie arbeite nicht allein mit fragwürdigen Kräutersalben, sondern, wie er vernommen habe, auch mit Seelen- und Wortbalsam, womit sie sich in äußerst fragwürdige Gefilde begebe. Er fürchte – seine Stimme war nun unverhüllt höhnisch und geringschätzig –, wenn es in Vilich so weitergehe, werde dort bald kein Mensch mehr sterben.

Sie wisse die zunehmende Wissenschaftlichkeit der Medizin zu schätzen, hatte ihm Caroline entgegnet. Doch auch sein Wissen sei nur Stückwerk, auf das er sich nichts einbilden sollte. Es stünde einem Diener der Wissenschaft, als den er sich gern sehe, nicht schlecht an, wenn er sich angesichts der Vielzahl von Fällen, wo seine Medizin versage, nicht derart aufblasen und seine Affekte etwas mehr zähmen würde. »Denn es steht geschrieben, dass sich nicht einer wider den andern aufblasen soll.« –

Pascuoli half im Vilicher Krankenzimmer, wo er nur konnte. Annemarie staunte, wie schnell er das Gefühl des Abscheus vor schwärenden Wunden und eiternden Pusteln verlor. Sie kannte seine Herkunft. »Ich glaube, wir haben das im Blut«, sagte sie. »Man muss Ihnen und der Gnädigen Frau Mutter nur aufmerksam zuschauen, dann lernt man schon viel«, stellte Pascuoli fest. Die Äbtissin erklärte ihm, Empfindungslosigkeit gegenüber der Ausscheidung von Kranken sei eine Grundbedingung für die notwendige Hilfe. »Man sieht die leidende Kreatur, aber man ekelt sich nicht vor Eiter, Brandwasser und dergleichen, weil das innere Auge erkennt: ›Siehe, das bin ich‹.«

Es regnete ununterbrochen. Dreizehn Tage lang. »Was machen wir falsch?«, fragte Annemarie die Äbtissin und fügte etwas gespreizt hinzu: »Der Himmel hegt eine nicht enden wollende Gehässigkeit gegen uns.« –

Schweren Flugs flogen Kolkraben durch das nasse Grau über dem Klostergarten. Ihr träges Dahingleiten stand im Gegensatz zur Rastlosigkeit des Alltags hinter den Klostermauern und zur Geschwindigkeit, mit der das

Schicksal, die Welt der kleinen Familie aus den Fugen reißend, dahineilte.

Erneut trafen – seltsame Wiederholung! – zwei Berittene aus verschiedenen Richtungen und wiederum beinahe gleichzeitig in Vilich ein. Belderbusch liege krank in Miel. Harnretention, Fieber und Schmerzen hätten ihn aufs Krankenbett geworfen. Die Niere, die Galle, habe Hofmedicus Zartmann gesagt. Der gnädige Herr krümme sich vor Schmerzen. »Herr Jesus«, seufzte Annemarie.

Der zweite Bote kam aus dem westfälischen Freckenhorst, wo eine mit Caroline verwandte Stiftsdame im Sterben lag und die geschätzte Äbtissin herbeiflehte.

Die Äbtissin ließ anspannen, stellte bereit, was sie mitzunehmen für nötig hielt, darunter einen kleinen Reisealtar. Sie ließ Annemarie und Pascuoli in ihre Schreibstube kommen und bat Letzteren, angesichts der widrigen Umstände länger als geplant in Vilich zu bleiben. »Zur Unterstützung Annemaries im Dienst der Kranken«, sagte sie und machte die Beifügung, sie wisse wohl, wie schwer ihm der Aufschub des Wiedersehens mit Florian falle. Auch sie sei angesichts auseinanderstrebender Anforderungen alles andere als glücklich. Vilich, Miel und Freckenhorst – sie könne sich beim besten Willen nicht aufteilen, obwohl verblendete Menschen in ganz anderem Zusammenhang sogar die Vierteilung erfunden hätten, fügte sie, gegen ihre Gewohnheit, zynisch hinzu.

Nachdem sie etliche, die Kranken betreffende Anweisungen gegeben und Ratschläge erteilt hatte, nahm sie derart innig und lang anhaltend Abschied, als reise sie nach Asien. Annemarie seufzte. Pascuoli spürte, wie die Frau Mutter sein Herz ergriff. Sie schenkte ihm zum Abschied ein kleines Silbermedaillon mit dem heiligen Sebastian. »Herr Jesus«, sagte Annemarie, als sie und Pascuoli dem Staub aufwirbelnden Gefährt der Äbtissin nachschauten. Pascuoli dachte an Florian.

Als Caroline in Miel ankam, befand sich Hofmedicus Zartmann an Belderbuschs Seite. Belderbusch hatte sonst immer gestrahlt, wenn Caroline von Vilich herübergekommen war. Jetzt blickten ihr zwei dankbare, aber trübe Augen entgegen. Sie erkannte intuitiv, dass ihr Medizinschrank nicht helfen konnte. Sie verabschiedete Zartmann, der ihr zwischen Tür und Angel von Belderbuschs wolkigem Urin berichtete. Vielleicht könne ein Kuraufenthalt in Pyrmont Besserung bringen, meinte Zartmann. Auch der große Preußenkönig Friedrich habe dort sein Wohlbefinden gesucht, und dortselbst existiere seit wenigen Jahren ein neues fürstliches Badelogierhaus. »Pyrmont!«, sagte Caroline, die dem Hofmedicus für einmal uneingeschränkt zustimmte.

So kam es, dass die Äbtissin nach Freckenhorst weiterreiste, während Belderbusch in einer eigens gepolsterten Kutsche nach Pyrmont fuhr. Bevor sie voneinander Abschied nahmen, führte er mit Caroline ein langes Gespräch. Was er sagte, wirkte hoffnungslos. Ein Riss gehe durch die kurfürstlichen Lande. Von Jülich bis Münster und Paderborn, zwei Sprengel übrigens, die der Kurfürst und er bis jetzt sträflich vernachlässigt hätten. »Und überall elendes, ungebildetes Volk in ärmlichen Hütten!« Doch Wurmbrand und Wolffskeel, die Minister der Reaktion, schrien nach immer neuen, das Volk belastenden Steuern. Der Nuntius spreche von einer kirchlichen Sondersteuer, deren Ertrag zu gleichen Teilen Rom und Kurköln zugutekommen solle. Und er, Belderbusch, der Minister der Finanzen, gelte im Volk als Urheber aller Übel.

Er hielt inne und besann sich. Dann fuhr er fort: »Da rede ich nun, als wäre ich ein Unschuldslamm. Als gälte für mich Hiobs: ›Ich bin rein, ohne Missetat, unschuldig und habe keine Sünde.‹ Bin ich nicht auch meinen eigenen Interessen gefolgt? Ja, auch ich habe mich bereichert, habe Pferde aus England geritten, Baumeister und Architekten beschäftigt und so weiter.« Und in jüngster Zeit habe er die Reformen, statt sie kraftvoll voranzutreiben, ad calendas graecas verschoben. Einiges sei zwar vorbereitet. Doch der Kurfürst, dessen Rückendeckung für das Weitere nötig sei, weile gegenwärtig weit weg in Schwaben, im Land seiner Vorfahren und er, Belderbusch, müsse, Heilung in Pyrmont suchend, das Feld den Gegnern überlassen, die alles, was seine Handschrift trage, zunichtemachen würden.

»Kurkölns Kassen sind leer«, endete Belderbusch, »doch Wolffskeel und Wurmbrand haben weitere Jagdschlösser und Pferde aus England im Sinn.« Und der Kurfürst lasse sie nach anfänglichem Widerstand jeweils gewähren. »So was darf man sich doch nicht entgehen lassen«, habe er jüngst gesagt. »Es ist wie ein Totentanz, ich selbst: ein Skelett mit der Aufschrift ›Du bist den Weg, den du hättest gehen sollen, nicht gegangen!‹«

Über die Staatsgeschäfte wolle sie sich nicht äußern, hatte Caroline geantwortet. Was sein eigenes Verschulden betreffe, so ehre es ihn, dass er Fehler erkenne und bekenne. Doch halte sie es für falsch und glaube, dass es seiner Gesundheit abträglich sei, wenn er deswegen seine Seele peinige. Übrigens sei sie selber so wenig eine Heilige wie er ein Ritter ohne Fehl und Tadel. »Wir alle haben mehr oder weniger Schuld auf uns geladen. Schloss Miel – wer denn, lieber Belderbusch, als ich selbst hat Sie dazu verleitet? Doch es bringt nichts, die Schuld wie Billardkugeln hin- und herzuschieben. Schließlich dürfen wir, was Ihr Selbstbekenntnis betrifft, den Satz aus den Sprüchen 28,13 zitieren: ›Wer seine Missetat leugnet, dem wird's nicht gelingen; wer sie aber bekennt und lässt, der wird Barmherzigkeit erlangen.‹ Und wenn uns ein widriges Schicksal gegenwärtig daran hindert, das Gute im Großen zu erreichen, wollen wir wenigstens im Kleinen das Große suchen.« – Sie dachte an Pascuoli und an ihre Kranken in Vilich.

»Bedenken Sie schließlich, lieber Belderbusch, was schon die Alten gelehrt haben: ›Facta infecta fieri possunt‹ [was geschehen ist, kann nicht ungeschehen gemacht werden], hingegen lässt sich das Ungeschehene, so Gott will, zum Geschehenen machen. Was das Elend in den Hütten betrifft, so müssen wir der Zukunft anheimstellen, was die Gegenwart nicht zulässt.«

Belderbuschs gramvolles Angesicht hatte sich bei Carolines Worten etwas aufgehellt. Einmal mehr war es ihr geradewegs gelungen, die richtigen Worte zu finden.

\*

Belderbuschs Befürchtungen erwiesen sich als zutreffend. Die Reformgegner, an ihrer Spitze neben Wolffskeel und Wurmbrand der Nuntius, witterten Morgenluft. Der Kurfürst, Belderbusch und die Äbtissin waren weit weg, es stand nicht zu befürchten, dass sie schon morgen oder übermorgen zurückkehren würden. Die Zeit sei reif, die Gelegenheit günstig, sagte Wolffskeel an der ersten von drei Verschwörersitzungen. Man müsse rasch handeln. Als Vorsteher des Polizeiapparates besaß er ein besonderes Gewicht und gebot über eine Reihe von Spitzeln, Zuträgern und Handlangern, die auf besonderes Geheiß auch vor Gewalttaten nicht zurückschreckten.

Belderbusch und die Hexe von Vilich zu beseitigen liege außerhalb ihrer Möglichkeiten, fuhr Wolffskeel fort, wobei seine Miene Bedauern ausdrückte. Wurmbrand nickte, der Nuntius bekreuzigte sich. »Nein, einer Anklage des Hochverrats wollen wir uns nicht aussetzen«, nahm Wolffskeel erneut das Wort und reckte seinen kahlen Schädel triumphierend in die Höhe: »Ich habe einen Plan, der uns keinem großen Risiko aussetzt, dessen Verwirklichung Belderbusch und die Hexe von Vilich aber für längere Zeit lähmen wird. Wie wunde Tiere werden sie sich verkriechen und krümmen, unfähig, dem Hof- und Staatsleben ihren widerwärtigen Neuerungsstempel aufzudrücken.«

Wurmbrand hob die Augenbrauen, der Nuntius sperrte vor Staunen den Mund auf, so dass seine modernden Zahnstummel sichtbar wurden. Sein Anschlag, erklärte Wolffskeel weiter, orientiere sich an einem Bild aus der römischen Geschichte. Bei Petronius Arbiter finde man die

Bemerkung, wenn man den Esel nicht schlagen könne, schlage man den Packsattel. Petronius meine ungefähr, wenn man es nicht wagen könne, den Starken anzugreifen, müsse man sich an den mit ihm verbundenen Schwachen halten. Seine Informanten hätten ihm berichtet, Belderbusch und die Hexe seien einem Vagantenjungen auf das Innigste zugetan. Weswegen, wisse niemand genau. Man könne jedenfalls ohne Übertreibung von einer ungewöhnlich tiefen, ja geradezu närrischen Vater- und Mutterliebe zu jenem dubiosen Kerl sprechen.

»Vielleicht ist der Vagant Belderbuschs sündigen Lenden entsprungen«, warf Wurmbrand ein. »Wie auch immer«, fuhr Wolffskeel fort, jedenfalls genieße der Hurensohn höchste Protektion. Es sei ein Skandal, dass so ein Dahergelaufener in Kurköln zum Falkenjungmeister auf Falkenlust aufsteigen könne! Er heiße Packuli oder so ähnlich und weile gegenwärtig in Vilich. – »Jungfalkenmeister! Das Geschöpf eines Hurenbocks als Jungfalkenmeister«, geiferte der Nuntius, aufs Neue die jauchebraunen Stummel entblößend.

Wolffskeel wurde konkret: »Der Tod dieser Ausgeburt der Hölle wird Belderbusch mitten ins Herz treffen.« Vom Hofmedicus wisse er, wie heftig Belderbusch auf Erschütterungen des Gemütes reagiere. – »Mord?«, fragte Wurmbrand. Wolffskeel sah ihn beinahe verächtlich an. Das Wort »Mord« sei etwas plump, nach außen solle es jedenfalls anders aussehen. Er habe in Erfahrung gebracht, der Vagantenbastard treibe sich Tag und Nacht mit dem Sohn des Falkenmeisters von Falkenlust herum. In Miel habe er mit ihm das Bett geteilt. Ein

Lotterbett! Könnte es reden, würde es von Sodom und Gomorra berichten. –

»Unzucht!«, rief der Nuntius, wobei es schien, als liege etwas Lust- oder Neidvolles in seiner Stimme. »Was soll mit dem Sohn des Falkenmeisters geschehen?«, fragte er, noch immer erregt, ja erregter noch als zuvor. Er kannte Pascuoli nicht, jedoch Florian; denn auch der Nuntius ging auf die Jagd, zwar eher selten und etwas schief zu Pferde sitzend. In den Stallungen hatte er Florian gesehen und seine Augen gierig über den Jünglingskörper schweifen lassen. Fortan küsste er in nächtlichen Träumen den aufgesogenen Körper mit seinen kotbraunen Moderstummeln.

Als ahne er das persönliche Interesse, das den Fragenden leitete, versicherte ihm Wolffskeel, er könne beruhigt sein. »Florians Vater, der Falkenmeister, ist politisch neutral. Zudem steht er dem Kurfürsten nahe. Der Junge ist im Gegensatz zum minderwertigen Hurenkind von ehrbarer Abkunft. Nein, ein zweiter Toter steht nicht auf der Rechnung. Allerdings wollen wir den jungen Mann auch nicht in unserer Nähe haben, weil er im Fall einer Untersuchung das Gegenteil dessen behaupten könnte, was wir dem dann hoffentlich schon beseitigten Vaganten vorwerfen. Wir werden ihm zur Flucht verhelfen müssen. Die Details sind noch in Planung. Und irgendwann, wenn Gras über die Sache gewachsen ist, wird er, wenn er will, zurückkehren können. Das wird auch dem Alten« – er meinte den Falkenmeister – »einleuchten, wenn wir ihm weismachen, allein durch Flucht sei sein zur Unzucht verführter Sohn zu retten.«

Erleichtert nickte der Nuntius. In brünstiger Hoffnung stellte er sich Florians Rückkehr in nicht allzu ferner Zeit vor. Vielleicht käme er dereinst, abgebrannt und hilfsbedürftig, aus der Fremde und wäre dann froh, wenn er, der Nuntius, sich seiner annähme. Selbstvergessen murmelte er, erstaunte Blicke auf sich ziehend, vor sich hin: »Menschen sind käufliche Ware.«

Pascuoli war auf dem Weg nach Miel, um eine spezielle Wundsalbe, die im Mieler Medizinschrank der Äbtissin lag, zu holen, als ihm Wolffskeels Häscher den Weg verstellten. Sie zerrten ihn vom Pferd, durchsuchten ihn, nahmen ihm das silberne Medaillon ab und banden ihm die Hände auf den Rücken. Pascuoli war sprachlos. »Im Namen des Amtmanns«, sagte der Oberhäscher und wiederholte es mehrmals, womit er gleichsam ausdrückte, jeder Widerstand sei sinnlos und alles Fragen vergeblich.

Wer das Herz auf dem rechten Fleck hat, wird hoffen, dass endlich ein Widerhaken auftauchen und die schändlichen Absichten Wolffskeels und seiner Helfer stoppen wird. Nichts dergleichen geschah. Ungehemmt nahm das Unheil seinen Lauf, so dass man glauben könnte, nicht dem Tüchtigen, sondern dem Bösen sei freie Bahn versprochen.

Im Gefängnis beim Kölner Domhof kam Pascuoli in eine fensterlose und feuchte Zelle. Ratten, die hässliche Zischlaute von sich gaben, nagten am halb verfaulten Strohsack. Pascuoli fiel auf die Knie. Eine dunkle Vorahnung bemächtigte sich seiner. Bilder zogen an ihm vorbei: Der heilige Sebastian, mit Keulen erschlagen, in einer

Kloake. »Florian!« – wie eine jammer- und ahnungsvolle Wehklage brach es aus ihm heraus.

Zur gleichen Zeit klopfte ein Büttel, begleitet von einem Landjägerhauptmann, an die Türe der Falknerei. Der Hauptmann wies dem Falkenmeister einen auf Florian ausgestellten, vom Amtmann unterzeichneten Haftbefehl vor. Er müsse den Verhafteten nach Bonn bringen. Sein Freund Pascuoli sei in Köln gefangen gesetzt worden. Der verdutzte Falkenmeister rang verzweifelt die Hände. »Weshalb um Gottes willen? Florian und Pascuoli haben sich doch nichts zuschulden kommen lassen!«

Am nächsten Morgen wurde Pascuoli dem Amtmann vorgeführt. Dieser verlas ein Schreiben, in dem die Gründe für Pascuolis Einkerkerung standen: Unzucht gegen die Natur und Diebstahl. Der Amtmann erläuterte, das Bett des Verbrechens stehe im Dienstbotenflügel von Schloss Miel, das Diebesgut, ein kleines silbernes Medaillon, sei bei der Verhaftung sichergestellt worden.

Die Worte des Amtmanns prallten an Pascuoli ab. Es war, als verwandle sich sein Inneres wieder in den hin und her geschobenen, den geschundenen, ausgenutzten und missbrauchten Waisenknaben. Ein dumpfes Heimweh nach der Mutter und nach Florian ergriff ihn. Zurück in der Zelle, versuchte er mit blutenden Fingerkuppen den Namen »Florian« in die Wand zu ritzen. Als ließen sich Mauern aus Stein erweichen.

Am Nachmittag des gleichen Tages tauchte Wolffskeel überraschend in Vilich auf. Er habe gehofft, die Äbtissin anzutreffen, log er Annemarie vor und unterrichtete sie über Pascuolis Verhaftung. Mit diesem Schachzug wollte er den falschen Eindruck erwecken, es sei ihm an einem Ausweg für Pascuoli gelegen. »Falls sich Gnädige Frau Äbtissin für ihn verwende [...]«.

Ungeduldig schnitt ihm Annemarie das Wort ab. Sie werde sofort nach der Äbtissin schicken. »Ich darf ihn doch besuchen, Exzellenz?«, fragte sie. Nichts liege ihm ferner, als ihr dies zu verwehren, antwortete Wolffskeel in seiner füchsischen Schlauheit. Er ließ sich Papier und Tinte bringen und stellte Annemarie, den Sattel seines Pferdes als Unterlage nutzend, eine Besuchserlaubnis aus, während sich ein Knecht, Annemaries Anweisung folgend, auf den Weg nach Freckenhorst machte.

Mit wunden Füßen erklomm Annemarie am nächsten Morgen die Treppe von Pascuolis Kerker. In der linken Hand einen mit Esswaren gefüllten Korb. Sie wies der Wache Wolffskeels Papier vor. »Gewähren Sie mir um Gottes willen Einlass!«, keuchte sie. Nachdem der Wachmann ihr bedeutet hatte, sie müsse warten, verschwand er im Flur. Kaum eine Minute später erschien der Amtmann. Er machte eine düstere Miene. »Sie kommen zu spät, gute Frau«, sagte er, »der, den Sie besuchen wollen, ist tot. Er hat sich diese Nacht selber gerichtet. Der Stellvertreter des Hofmedicus ist gerade dabei, die Leiche zu untersuchen und den Totenschein auszustellen.«

Beim Wort »tot« ließ Annemarie den Korb fallen. Schinken, Kuchen und Würste kollerten durcheinander. »Pascuoli!«, rief Annemarie mit einer Stimme, die den Amtmann zusammenfahren ließ. Annemarie rannte ins Innere. Der Amtmann folgte ihr. Ein Büttel raffte die am Boden liegenden Esswaren zusammen.

Der stellvertretende Hofmedicus machte bei der Leichenschau ein bedenkliches Gesicht. Er studierte französische Aufklärungsschriften und hatte schon vor einiger Zeit bemerkt, dass nicht alles am Hof so war, wie es sein sollte. Wäre nicht sein Interesse an den in Aussicht genommenen Sozialreformen gewesen, hätte er wahrscheinlich schon längst den Hut genommen. Die Pascuoli-Geschichte kam ihm verdächtig vor. Kämmerer Wurmbrand hatte ihn gedrängt, ohne Verzug festzuhalten, es handle sich um eine Selbstentleibung. Der stellvertretende Hofmedicus hingegen schrieb, wohl wissend, dass seine Analyse unerwünscht war und mit großer Wahrscheinlichkeit in der Versenkung verschwinden würde: »Der Verstorbene hat eine drei Zoll tiefe Halswunde erlitten, welche Arterie und Vene so stark verletzte, dass der Tod binnen weniger Minuten eintrat. Dass ein sich selbst tötender Mensch im Stand sein könnte, einen so heftigen, bis über die Wurzel der Zunge weit in den Hals gehenden Stich zu führen, scheint mir ganz und gar unglaublich.« –
Auch jener Teil von Wolffskeels Plan, der Florian und den Falkenmeister betraf, ging ohne weiteres auf. Dicke Tränen kullerten über die Backen des Falkenmeisters, als ihn der Nuntius, die Bibel in der Hand, beschwörend bat, der Flucht des Sohnes über den Rhein zuzustimmen und sie durch sein Mittun zu befördern. Denn nichts könne Florian dazu bringen, Kurköln zu verlassen, solange er glaube, Pascuoli lebe und er lasse ihn durch seine Flucht im Stich. Zwar habe man Florian den Tod Pascuolis mitgeteilt, jener habe jedoch in einer Aufwallung des Gemütes »Nein, nein, nein, es ist nicht wahr, nicht wahr!«

geschrien. »Ihnen, werter Falkenmeister, wird er es glauben. Er muss es glauben; denn wenn er nicht flieht, droht ihm der Galgen.« –

»Der Galgen«, wiederholte der Nuntius. Mit der einen Hand schlug er das Kreuz, mit der andern hielt er die Bibel in die Höhe und krächzte: »Die Heilige Schrift lehrt: ›Wenn jemand bei einem Manne liegt wie bei einer Frau, so haben sie getan, was ein Gräuel ist, und sollen beide des Todes sterben!‹«

Das Gesicht des Falkenmeisters war weiß wie Schnee, als er in die Zelle des Sohnes trat. Florian stürzte ihm entgegen. »Sagen Sie, Vater, dass es nicht wahr ist!« Der Vater senkte den Kopf. Stumm drückte er ihm Pascuolis Medaillon, das man ihm als Beweisstück gegeben hatte, in die Hand. Florian merkte kaum, wie ihm ein Diener Wurmbrands einen schweren Reisemantel mit Proviant und eingenähten Geldstücken um die Schultern legte.

*

Pascuolis Leichnam wurde auf Anweisung Belderbuschs, der sich ohne Säumen von Pyrmont auf den Rückweg gemacht hatte, im kühlen Untergeschoss der Mieler Schlosskapelle aufgebahrt. Neben der ebenfalls eiligst zurückgekehrten Äbtissin kniete Belderbusch, um Jahre gealtert, vor dem verlorenen Sohn. Wortlos. Nach Stunden sagte er mit dumpfer Stimme: »Der Sternenkreis hat einen Stern verloren. Man hat ihn herausgerissen. Nie mehr wird der Satz ›Der Herr hat's gegeben, der Herr hat's genommen, gelobt sei der Name des Herrn!« über meine Lippen kommen.«

Lange schwieg die Äbtissin. Dann nahm sie Belderbuschs Hand, die sich schlaff anfühlte, und nickte. »Die Arglist, die Tücke, die Bosheit, sie haben wieder einmal gesiegt. Ich glaube, Pascuoli hat sein Leben lang die Mutter gesucht. Nun hat er heimgefunden. Dies allein mag uns ein kleines Quäntchen Trost spenden. Den Herrn aber wollen wir fragen, wann endlich die Stunde kommen wird, in der er die Gewaltigen und Bösen von ihrem Stuhle stößt.«

Belderbuschs Gesichtsfarbe glich immer mehr der Farbe des fahlen Mondes. Von Fieberschüben begleitete Albträume suchten ihn heim. Die Äbtissin legte ihm kühlende Tücher auf die schweißnasse Stirn. Eine weiße Kerze tropfte Stearinflecken. »Caroline, ich habe die Hölle gesehen«, sagte Belderbusch eines Morgens. »Blutrünstige Schakale und Hyänen haben mich bedrängt, zuvörderst ein riesiges Ungeheuer, aus dessen Lefzen Blut troff. Es wird ganz Kurköln in den Abgrund reißen.« –

Es waren seine letzten Worte. Caroline schloss ihm die Augen.

Kurfürst Max Friedrich starb im selben Jahr 1784. Seinem Nachfolger Maximilian Franz (einem Bruder Kaiser Josephs II. und Marie Antoinettes), der dem aufklärerischen Gedankengut noch stärker verpflichtet war als sein Vorgänger und Belderbusch, war es vergönnt, einige der angebahnten Reformen zu verwirklichen. Die Verworrenheit des bisherigen Gerichts- und Polizeiwesens, die auch Pascuoli und Florian zum Verhängnis geworden war, wurde beseitigt. Zukunftsweisend war die Gründung von Industrieschulen, wo auch praktische Fähigkeiten erlernt wurden. Es war für die Äbtissin eine große Genugtuung, als sie auf persönliche Einladung des Kurfürsten (nicht zuletzt im Gedenken an Belderbusch, wie er schrieb) der Eröffnung einer solchen Schule beiwohnen durfte. Gedankenverloren ließ sie ihre Blicke über die erwartungsfrohe Kinderschar schweifen. War es Täuschung ihres nachlassenden Augenlichtes? Da und dort glaubte sie die Züge und Augen Pascuolis zu erkennen.

Sie blieb, vom erzkonservativen Adel beargwöhnt und vom Volk wegen ihrer Leutseligkeit und Hilfsbereitschaft verehrt, bis zuletzt wachen Sinnes. Als ihr Sarg im Kriegsjahr 1794 auf dem Klosterhof unter einem Baldachin aufgebahrt wurde, kreisten zwei Falken über dem Kloster. Der Klosterbrunnen plätscherte das ewige Lied von der weiterlebenden Natur. Von überall her kamen Menschen, um der Verstorbenen, niederkniend, für alles zu danken, was sie ihnen gewesen war. Verhärmte Gestalten, Brenner mit elenden Gesichtern, urwüchsige Bauern schauten andächtig himmelwärts, als ob sich ihnen über Carolines Tod hinaus lichtvolle Räume erschlössen. Abt Beda, der aus dem fernen Münster angereist war, schloss seine Würdigung der Verstorbenen mit den schönen Worten: »Nur wenige sind ihrer, die wie sie – ein leuchtendes Beispiel in saecula saeculorum – den Urquell der Liebe erschauten.«

Die Äbtissin hatte einen schlichten Grabstein ohne Verzierung gewünscht. Darauf stand, ihrem letzten Willen entsprechend: »Trachtet in allem, was ihr tut, nach der Liebe, die nicht das Ihre sucht. Caroline von Statzenhofen.«

\*

Röhrender Motorenlärm riss mich aus meinem Tagtraum. Ein Rasenmäher. Was ist Schein, was ist Wesen? Meine Traumreise hat mich näher an die Lebenswirklichkeit herangeführt als der pulsierende Alltag, in dem uns die eigenen Interessen den Blick auf das Wesentliche verstellen. Seit jenen Zeiten hat sich beinahe alles verändert, aber nur der Aufmachung nach. Die treibenden menschlichen Motive sind die gleichen geblieben: Egoismus, Kleinlichkeit, Neid, Ehrgeiz, der Machthunger und seine vielfältigen Ziele. Das Leben als Mummenschanz. Die Erbärmlichkeit vieler, die Großmut weniger, das Geschobenwerden von dunklen Mächten und Kräften.

Beim Frühstück im Hotel hatte ich in den Frühnachrichten gehört, Erich Mielke sei gestorben. Miel und Mielke – ein merkwürdiger Zufall. Mielke war der Wolfskeel der DDR. In einem Kommentar hatte es geheißen, er habe einmal gesagt, wenn man auf Republikflüchtlinge schieße, dann bitte richtig und nicht so, dass der Verletzte noch auf die andere Seite hinüberkomme: »Ja, so ist die Sache, watis denn das, 70 Schuss losballern und der rennt nach drüben und die machen `ne Riesenkampagne.«

Benommen vom Tanz der Bilder und Gestalten, vom Leid und der Not, gegen die niemand gefeit ist; erschlagen von den Missetaten der Schändlichen, glaubte ich einen

Augenblick, noch einmal in meinen Traum einzutauchen. Es war, als kämen Pascuoli und Florian, durch Tränen lächelnd, aus dem Tor des Gesindehauses und der eine – oder war es der andere? – flüstere mir ins Ohr: »Es hat sie gegeben, es gibt sie und es wird sie immer geben. Im Großen und im Kleinen. In allen Schichten und in allen Ländern: die Frauen und Männer der großen Liebe, die nicht das Ihre sucht.« –

Die Grillen zirpten. Kein Hase hoppelte über das Gras. Stattdessen fuhr ein weißes Elektromobil zum nahen Golfplatz. Später erfuhr ich, ein Baulöwe habe einen Teil des Mieler Schlossgrundstückes gekauft, um Villen für Reiche zu bauen.

## Über den Autor

Der Schweizer Autor Rolf Soland wuchs in Wigoltingen im Kanton Thurgau auf. 1970 bis 1975 studierte er an der Universität Zürich Geschichte und Deutsche Literatur. Nach dem Lizentiat (1975) promovierte er 1977 mit der Dissertation *Joachim Leonz Eder und die Regeneration im Thurgau 1830–1831*. Er arbeitete als Lehrer an der Kantonsschule Kreuzlingen, am Lehrerseminar Kreuzlingen und an der Kantonsschule Romanshorn, wo er bis 2012 als Hauptlehrer für Geschichte und Deutsch wirkte. Er war auch als Kursleiter in der Lehrerfortbildung und als Proseminarleiter an der Universität Zürich tätig. Von ihm sind zwischen 1980 und 2014 verschiedene Arbeiten zur Thurgauer und Schweizer Geschichte erschienen (u. a. ein Werk über den schweizerischen Staatsschutz in der Zwischenkriegszeit (Stämpfli Verlag, Bern) und eine Biographie über Bundesrat Heinrich Häberlin (Verlag Neue Zürcher Zeitung). Gegenwärtig wohnt er in Münchwilen und arbeitet an einem autobiographischen Roman.